MW00980462

Les éditions de la courte échelle inc.

Chrystine Brouillet

Née en 1958 à Québec, Chrystine Brouillet publie un premier roman policier en 1982, pour lequel elle reçoit le prix Robert-Cliche. L'année suivante, un deuxième livre paraît. Par la suite, elle écrit des textes pour Radio-Canada, des nouvelles pour des revues et fait de la critique de littérature policière pour la revue *Justice.*

En 1987, elle publie un autre roman policier qui met en vedette un détective féminin, suivi, en 1988, d'un récit avec le même personnage, chez Denoël-Lacombe. Et elle travaille présentement à une saga historique franco-québécoise, dont le premier tome, *Marie LaFlamme,* vient de paraître.

En 1985, elle reçoit le prix Alvine-Bélisle qui couronne le meilleur livre jeunesse de l'année pour *Le complot,* publié à la courte échelle. *Le vol du siècle* est le cinquième roman de la série policière mettant en vedette Cat et Stephy.

Philippe Brochard

Philippe Brochard est né à Montréal en 1957. Il a fait ses études en graphisme au cégep Ahuntsic. Depuis, à titre de graphiste et d'illustrateur, il a collaboré, entre autres choses, aux magazines *Croc, Le temps fou* et *Châtelaine.*

En janvier 1985, il a participé au XIIe Salon international de la bande dessinée à Angoulême, en France.

À la courte échelle, il a déjà illustré *Le complot, Le caméléon, La montagne Noire* et *Le Corbeau.*

De la même auteure, à la courte échelle

Collection Roman Jeunesse

Le complot
Le caméléon
La montagne Noire
Le Corbeau

Collection Roman+

Un jeu dangereux
Une plage trop chaude

Chrystine Brouillet
LE VOL DU SIÈCLE

Illustrations
de Philippe Brochard

la courte échelle
Les éditions de la courte échelle inc.

Les éditions de la courte échelle inc.
5243, boul. Saint-Laurent
Montréal (Québec) H2T 1S4

Conception graphique:
Derome design inc.

Révision des textes:
Odette Lord

Dépôt légal, 2e trimestre 1991
Bibliothèque nationale du Québec

Données de catalogage avant publication (Canada)

Brouillet, Chrystine

   Le vol du siècle

   (Roman Jeunesse; RJ 30)

   ISBN: 2-89021-160-6

   I. Brochard, Philippe, 1957- . II. Titre. III. Collection.

PS8553.R68V64 1991   jC843'.54   C91-096050-X
PS9553.R68V64 1991
PZ23.B76Vo 1991

À Claire Arsenault

Chapitre I
Mon cousin Olivier

— Ah! Tu ne peux pas comprendre, Cat, ce que ça m'a fait quand Mathieu m'a regardée! Il n'a même pas semblé remarquer Juliette Doré. Savais-tu que le doré est un poisson? Je trouve que Juju a des yeux globuleux comme eux! Non?

J'ai hoché la tête. Inutile d'essayer de raisonner Stéphanie quand elle vient de tomber en amour! Elle réfléchit autant qu'une poignée de porte ou une roche. Mais celles-ci ne répètent pas toutes les cinq secondes que je ne peux pas savoir comme Mathieu Goulet est beau, merveilleux, fantastique, extraordinaire, gentil, drôle, et beau, et merveilleux!

Cela dit, Stéphanie était tellement rêveuse qu'elle n'a même pas remarqué que je m'assoyais près de la fenêtre. C'est la troisième fois qu'on voyage en train ensemble et on s'est toujours disputé la place à côté de la fenêtre.

Là non. Stephy ne pensait qu'à Mathieu Goulet.

Et moi à ce que m'avait raconté mon cousin Olivier.

La veille, au téléphone, il m'avait répété qu'il avait hâte que j'arrive à l'auberge du Pic Blanc où un client très bizarre avait pris pension depuis deux semaines.

— Il a un comportement vraiment étrange, Cat! m'expliquait Olivier. Georges Smith prétend avoir choisi notre auberge pour profiter de l'air pur, mais il ne fait qu'une heure de ski par jour. Et toujours à la même heure. À seize heures. Et après avoir entendu les hurlements d'un loup.

— D'un loup? Il y a des loups dans votre région?

— Non. Je me suis renseigné et il n'y en a plus depuis des années. Et ce n'est pas tout, Georges Smith adore les betteraves! Quelqu'un qui aime les betteraves n'est pas tout à fait normal, non?

J'étais d'accord avec mon cousin Olivier. Et je lui promis qu'avec Stephy, on découvrirait qui était son mystérieux client.

— À demain! Papa ira vous chercher à la gare à dix heures.

Dans le train, je regardais ma montre toutes les dix minutes. J'étais tellement excitée à l'idée d'élucider un nouveau mystère! Et de revoir Olivier, bien sûr.

Olivier, c'est mon cousin préféré. Cette année, on a fêté Noël ensemble. C'était super! Sauf pour ma chatte qui avait peur du fauteuil roulant d'Olivier. Mais elle a fini par s'y habituer et, le lendemain de son arrivée, elle a dormi sur ses genoux. Elle devait trouver ça très bien qu'il ne bouge pas.

Moi, je gigote tout le temps. Olivier, lui,

a les jambes paralysées, à la suite d'un accident de ski. C'est un triple imbécile qui lui est rentré dedans en voulant épater ses copains! Il devrait y avoir des amendes sur les pentes de ski comme sur les routes!

Ça fait donc deux ans qu'Olivier est en fauteuil roulant. Les médecins ont essayé bien des traitements, et avec la rééducation, Olivier a retrouvé l'usage de ses bras! Tant mieux! Il tapote son clavier d'ordinateur plus vite que tout le monde! C'est un expert en jeux vidéo.

Cependant, même s'il est super doué avec son ordinateur, il ne peut pas obtenir de son Macintosh des renseignements sur le mystérieux client.

— Je suis certaine qu'on va éclaircir cette énigme rapidement! ai-je dit à Stephy dans le train.

— Quelle énigme? Ah oui! Le client de l'auberge... Peut-être qu'Olivier a imaginé tout ça?

— Mais pourquoi?

Stéphanie a soupiré:

— Il doit s'ennuyer à l'auberge. Tu ne te souviens pas qu'à Noël, il t'a même dit qu'il avait terriblement hâte de retourner à l'école! Il faut vraiment s'embêter pour en avoir envie!

— Moi, ça ne m'arriverait jamais d'avoir envie d'aller à l'école.

— Je pense souvent à lui quand je fais du ski, m'a confié Stephy. C'est tellement injuste qu'il soit paralysé! Alors qu'il aimait tant skier! Je serais si malheureuse si je ne pouvais plus m'élancer sur les pentes!

— Et montrer à Mathieu Goulet tes talents de sportive.

Stéphanie a rougi, toussé:

— Mais ce n'est pas défendu! Ce n'est pas de ma faute si j'ai gagné des médailles en ski...

— Je te taquinais! Tiens! On ralentit enfin! On arrive!

Mon oncle nous attendait comme prévu sur le quai de la gare. Il a acheté l'auberge du Pic Blanc l'été dernier. Elle est située près de la frontière des États-Unis. En haut de la cime la plus élevée! De là, le village nous paraît minuscule!

Après avoir embrassé mon oncle, j'ai demandé des nouvelles de tante Éliane.

— Elle est restée à Montréal pour la fin de semaine, car elle a un travail à terminer. Mais elle nous rejoindra bientôt.

— Elle doit avoir hâte d'accoucher!

— Oui! Et nous aussi, on a hâte! Mais Olivier est plus énervé que nous, parce que lui, il va avoir un petit frère!

— Sûrement, me suis-je empressée de dire. Je savais pourtant que ce n'était pas le bébé qui tracassait mon cousin.

— Il se prépare déjà! Il fait la cuisine, c'est d'ailleurs lui qui fait les croque-monsieur en vous attendant!

Et c'étaient des super croque-monsieur avec des tomates et des oignons. J'adore le fromage gratiné! Stéphanie et moi, on n'en a pas laissé une miette: Olivier était fier de son succès.

— On jurerait que vous revenez d'une journée de ski tellement vous avez faim!

— On peut en faire cet après-midi?

— Oui, Patrick sera avec vous pour cette première journée de ski, a dit mon oncle.

— Qui est Patrick? ai-je demandé.

— Patrick Turbide est le moniteur de ski. Il est très sympathique, nous a expliqué Olivier.

— Et Jean-Marc qui était là durant les Fêtes?

— Il s'est fracturé un bras. On a été

chanceux de trouver aussitôt Patrick pour le remplacer. La semaine de l'accident, il y avait quinze débutants qui venaient à l'auberge! Sans moniteur, j'aurais eu des problèmes, a dit mon oncle. Tiens, quand on parle du loup... Voici Patrick.

Stéphanie s'est retournée pour voir Patrick entrer dans la pièce. Elle a écarquillé les yeux et gardé la bouche ouverte. Si on avait été en juillet, les mouches auraient eu tout le temps d'y rentrer!

Chapitre II
Le bébé est pressé!

Patrick Turbide se tenait dans l'embrasure de la porte de la cuisine et nous souriait de ses dents blanches. J'ai tout de suite compris que Stéphanie le suivrait sur les pentes de ski avec empressement!

Elle battait des paupières, rougissait et semblait avoir oublié Mathieu... Et sa crème au caramel: je l'ai mangée sans qu'elle s'en aperçoive.

— Alors? Ces demoiselles viennent-elles skier avec moi?

— On arrive! s'est écriée Stephy encore plus vite que je ne l'avais imaginé.

— Viens voir mon jeu vidéo avant, a dit Olivier en me faisant un petit signe de tête.

— Je reviens dans deux minutes! ai-je fait en ouvrant la porte de l'ascenseur.

L'auberge n'a que deux étages, mais il y a un ascenseur pour Olivier. On s'amuse beaucoup à monter et à descendre.

Dans l'ascenseur, mon cousin m'a dit

d'essayer de skier jusqu'à seize heures.

— Peut-être que tu pourrais découvrir d'où vient le hurlement du loup?

— Heureusement qu'il ne fait pas trop froid! Tu me demandes de skier durant plus de trois heures!

— Stephy va sûrement être contente...

— Toi aussi, tu as remarqué que Patrick lui plaisait? Quand je pense qu'elle m'a parlé de Mathieu Goulet durant tout le voyage!

Sitôt qu'on est sortis de l'ascenseur, mon cousin m'a désigné une porte au bout du couloir:

— C'est sa chambre, a-t-il chuchoté. Il est parti en ski. Tu pourrais peut-être entrer pendant que je fais le guet? Essaie de voir s'il n'y a pas de poste émetteur. Je me suis parfois arrêté devant sa porte et j'ai entendu des bruits bizarres.

— Tu veux que j'entre maintenant? ai-je bredouillé.

— Juste une minute. Moi, je n'ai pas pu y aller, car mon fauteuil roulant ne passe pas dans l'embrasure de la porte. Tiens, voici le passe-partout.

J'hésitais, car pour moi, une chambre, c'est privé, intime... Et c'est alors que mon

18

oncle m'a appelée du rez-de-chaussée.

— Ton amie Stéphanie s'impatiente! Vous jouerez plus tard au jeu vidéo. Profitez de la clarté pour skier, les jours sont si courts en hiver!

Je suis donc descendue... Et j'ai découvert une Stéphanie habillée, bottée, gantée... Et qui commençait à transpirer tellement elle avait chaud.

— Cat! s'est exclamée Stéphanie. Je suis prête depuis des heures!

Il faut toujours qu'elle exagère...

— Allons-y!

Le temps était gris et il allait bientôt neiger. Mais la neige était parfaite, pas trop molle, pas trop dure. J'avais l'impression de planer au-dessus d'une mer immaculée. C'était féerique.

Et encore davantage pour Stéphanie! Elle pouvait faire étalage de tous ses dons de skieuse et elle ne s'en privait pas pour épater Patrick Turbide! Notre beau moniteur a eu droit aux figures les plus compliquées... Pendant qu'elle tentait de l'éblouir, je m'éloignais vers la piste bleue, ma préférée.

Patrick m'a aussitôt arrêtée:

— Non, ne va pas par là. Il y a de la

glace. C'est une piste trop dangereuse.

— La piste bleue? J'y suis allée au Jour de l'an.

— Mais elle est glacée maintenant! a protesté Patrick.

— Je n'ai pas peur...

— Pourquoi pas? Si elle veut y aller? a dit Stéphanie.

Je comprenais son manège: elle voulait rester seule avec le beau Patrick...

— C'est imprudent, a-t-il répété. D'ailleurs, il est presque seize heures! Ça fait assez longtemps que vous skiez. C'est votre première journée de ski. Et le temps se couvre, vous feriez mieux de rentrer. Et puis, Olivier doit avoir hâte de bavarder avec vous. Et un bon chocolat bien chaud vous ragaillardira!

On était loin des seize heures! Et ce n'était surtout pas le moment de quitter les pentes! J'allais dire que je voulais rester quand Stéphanie s'est exclamée:

— Oui! Ce sera excellent! J'adore le chocolat!

Quelle menteuse! Elle n'en prend presque jamais, car elle a peur d'avoir des boutons! J'ai essayé de lui faire des signes pour qu'elle comprenne qu'on devait rester dehors, mais elle s'éloignait déjà vers l'auberge.

J'ai traîné un peu, espérant que personne ne le remarquerait, mais Patrick et Stéphanie m'ont crié d'accélérer un peu ma cadence! J'ai même fait semblant de tomber, mais Patrick m'a relevée et m'a ensuite escortée jusqu'au chalet.

— Tu vois, m'a-t-il dit. Tu es fatiguée. C'est dans ces moments-là qu'on a des accidents et qu'on se casse une jambe!

J'ai vaguement acquiescé en pensant que je ressortirais après avoir bu mon chocolat. À quelques mètres du chalet, Patrick nous a quittées.

— Tu ne prends pas de chocolat avec nous? a gémi Stéphanie.

— Non, je dois aller faire des courses au village. Et ensuite, je vais me reposer pour être en forme demain! Je ne pensais pas que j'aurais des élèves aussi douées que vous! Salut, les belles!

Inutile d'ajouter que Stephy frémissait de contentement, et j'attendais qu'elle me vante tous les mérites de Patrick. Je pouvais deviner qu'elle dirait qu'il était beau, fin, intelligent, fantastique, extraordinaire, merveilleux... J'avais déjà entendu cette chanson-là!

Mais cette fois-ci, j'y ai échappé.

Quand on a poussé la porte du chalet, il y régnait une telle excitation que même Stéphanie a oublié Patrick. Oncle Philippe était dans tous ses états, car on avait téléphoné de l'hôpital pour nous prévenir que tante Éliane allait accoucher dans les prochaines heures. Le bébé arrivait trois semaines avant la date prévue!

— Elle devait accoucher au début du mois de mars! a dit mon oncle.

Olivier rigolait:

— Mon frère est pressé de me connaître! Pars vite, papa, si tu veux arriver avant lui!

— Mais... je ne peux pas te laisser tout seul...

Stéphanie et moi, on a crié en choeur:

— On est là, nous! On est là!

— Je sais! s'est exclamé mon oncle. En passant au village, je vais demander à Jocelyne de monter vous retrouver.

— Jocelyne? a répété Stéphanie d'une voix acide. Déjà jalouse!

Jocelyne est une cliente de l'auberge, nous a expliqué Olivier. Elle n'y habite pas en permanence, mais elle y mange souvent, entre deux séances d'observation. Elle travaille au service de la faune. Et passe des heures dans la forêt.

On a aidé oncle Philippe à faire sa valise. Il devait se dépêcher, car il commençait à neiger. Il était si excité qu'il ne parvenait pas à attacher les courroies. C'est Olivier qui a retrouvé les clés que mon oncle avait égarées dans son énervement. En partant, oncle Philippe a embrassé Olivier en lui disant:

— Notre petit Hugo sera bien chanceux d'avoir un frère si raisonnable.

Oups! Si oncle Philippe avait su ce qu'on manigançait... Ça nous arrangeait vraiment qu'il parte: on aurait le champ libre pour fouiller la chambre avant l'arrivée de Jocelyne.

Avant de claquer la portière de l'auto, mon oncle nous a dit qu'on pouvait aussi s'adresser à Patrick, si on avait besoin de quelque chose:

— Il habite plus bas, dans le chalet isolé à la sortie de la piste bleue. Dites à M. Smith que je m'excuse de partir comme ça! Tâchez de ne pas l'empoisonner avec votre cuisine...

— Papa! a protesté Olivier.

— Attention! Éteignez bien le four!

— Promis!

Oncle Philippe a reculé au lieu d'avancer, mais il a fini par s'éloigner dans la bonne direction. On lui faisait de grands signes de la main quand on a entendu tousser derrière nous.

C'était Georges Smith.

J'ai tout de suite trouvé qu'il ressemblait à un fox-terrier. Lorsqu'il a enlevé sa tuque, ses cheveux étaient retroussés comme de petites cornes, et il avait le menton carré et avancé comme le museau des terriers.

— *Hi!*

— Aïe! a répondu Stéphanie.

— Ton père est parti? a demandé Georges Smith à Olivier.

Ça me paraissait évident!

— Pour longtemps?

— On ne sait pas. Mais ne vous inquiétez pas, on va se charger de la cuisine.

L'étranger a fait une drôle de tête et a dit que ce n'était pas nécessaire. Qu'il ne voulait déranger personne. Qu'il préparerait lui-même ses repas.

— Avec des betteraves? a demandé Stéphanie.

— Oui. Vous aimez?

On s'est contentés de faire un grand sourire.

Chapitre III
La tempête

Dès que Georges Smith s'est éloigné, Olivier a déclaré qu'il fallait absolument fouiller sa chambre.

— Mais quand?

— Il va toujours faire du ski vers seize heures. À cause du signal!

— Quel signal? a demandé Stéphanie.

— Celui que tu m'as fait rater tout à l'heure en voulant absolument boire un chocolat avec ton moniteur!

J'ai expliqué à Stéphanie qu'en rentrant à quatorze heures et quart plutôt qu'à seize, je n'avais pu savoir d'où venait le hurlement du pseudo-loup.

— On aurait pu profiter du fait qu'il sort à cette heure-là pour le suivre. On saurait qui il rejoint, a dit Stéphanie. Mais on ne verra rien avec cette tempête qui commence. Il vente déjà beaucoup!

Je n'ai jamais vu tomber autant de neige aussi vite! À peine une heure après le départ de mon oncle, il devait y avoir un demi-mètre de neige. On aurait dit que les flocons faisaient une course. Au début, on a trouvé ça très beau.

Puis on s'est demandé si Georges Smith irait skier comme à son habitude. Il était presque quinze heures trente et il n'était pas encore descendu de sa chambre.

En attendant son départ, on a décidé de faire de la bière d'épinette. C'est la spécialité d'Olivier. Il ne met pas de vrais conifères, mais du gingembre. Et du sucre, des citrons, de la levure. Il faut attendre quarante-huit heures pour y goûter.

Et il faudrait peut-être attendre autant pour que Georges Smith quitte l'auberge. Le jour déclinait et donnait de belles teintes bleues à la neige. Mais on n'avait pas le coeur à la poésie... On s'impatientait, car l'étranger restait avec nous. Il faut dire qu'il ventait de plus en plus.

Jocelyne a téléphoné pour nous avertir qu'elle avait été obligée de rebrousser chemin. Les routes étaient impraticables: elle ne voyait pas à un mètre devant elle.

Nous étions donc seuls avec Smith...

Je n'aimais pas trop ça.

Pour me changer les idées, j'ai décidé

de m'activer. J'ai répété qu'il fallait fouiller la chambre. Et tout de suite. Après tout, Georges Smith avait peut-être renoncé à aller dehors à cause de la neige.

— Mais comment faire pour entrer dans sa chambre? a dit Stephy.

— J'ai un plan! Écoutez-moi, a chuchoté Olivier.

C'était une bonne idée! On a attiré l'étranger hors de sa chambre en faisant éclater du maïs. La pétarade du pop-corn l'a intrigué, et il est venu voir à la cuisine ce qu'on faisait.

Pendant qu'on surveillait le poêle, Olivier a demandé à Georges Smith de l'aider à entrer dans l'ascenseur. Il a ensuite fait semblant d'avoir mal manoeuvré, et l'homme a pénétré dans l'ascenseur pour aider Olivier. Il faut reconnaître qu'il était serviable. J'avais un peu honte de le soupçonner d'être un criminel.

Mes scrupules se sont vite évanouis... Après avoir bloqué l'ascenseur, Stephy et moi, on a fouillé la chambre de Georges Smith.

On a trouvé presque immédiatement le poste émetteur. Il était tout simplement caché sous le lit.

Puis on a découvert, entre deux piles de chandails, une mallette de cuir très lourde, pleine de bijoux.

Des vrais! J'en étais certaine! Pas de la camelote. Il y avait un magnifique collier où deux oiseaux de vermeil se faisaient face. Leurs ailes étaient constellées d'émeraudes.

Il y avait également des bracelets avec des saphirs et des diamants, des bagues avec des coeurs sertis de rubis et d'autres pierres dont j'ignorais le nom... Je ne connais pas non plus le prix des bijoux, mais ça valait sûrement très, très cher.

Les yeux de Stephy étaient aussi brillants que les pierres précieuses!

— J'aimerais ça essayer le collier!

— On n'a pas le temps! On fait mieux de tout ranger en vitesse. Tu n'entends pas Georges Smith crier?

— Ça serait difficile de faire autrement!

Notre touriste tapait dans la porte de l'ascenseur en hurlant. On est allés ouvrir. Il est sorti bien plus rapidement qu'il n'était entré. Comme convenu, Olivier faisait semblant d'être fâché:

— Mais qu'est-ce que vous attendiez

pour nous libérer?

— On faisait ce qu'on pouvait! Je pense qu'il y a eu un court-circuit à cause de la tempête! On avait beau actionner les boutons en haut et en bas, l'ascenseur restait bloqué.

— J'ai manqué d'étouffer! a fait mon cousin.

— Il y a eu une panne d'électricité?

— Non, ai-je dit.

— Oui, a répondu Stephy en même temps.

L'étranger nous a regardées avec un air étrange...

— Et le pop-corn? a demandé Olivier pour faire diversion.

— Je fais fondre le beurre. En voulez-vous, monsieur Smith?

— *No thanks,* je vais...

La sonnerie du téléphone l'a interrompu. Comme on ne bougeait pas, il nous a demandé d'un ton sec:

— Alors? Vous répondez?

Habituellement, c'est mon oncle qui s'occupe des appels pour les clients. Je me suis dirigée lentement vers le téléphone, en guettant la réaction de Georges Smith. Il était visiblement anxieux. À qui devait-il parler?

— Oui, allô! Ah! c'est toi, oncle Philippe. Tu es arrivé à l'hôpital malgré la tempête? Quoi? Qu'est-ce que tu racontes? C'est une farce bien plate! Attends, Olivier va te parler.

Olivier s'est exclamé comme moi. Car oncle Philippe lui apprenait que tante Éliane n'était pas à l'hôpital. Qu'elle n'allait pas accoucher plus tôt que prévu. Et qu'elle était très étonnée que mon oncle soit venu la retrouver à Montréal. Pour ne pas l'inquiéter, il lui a dit qu'il était simplement venu la chercher pour lui éviter de prendre le train.

Olivier a dit ensuite que Jocelyne n'avait pu monter jusqu'ici, mais qu'on se débrouillait très bien et que son père n'avait pas à s'inquiéter.

Il mentait un peu... Car on avait pensé la même chose en même temps: quelqu'un avait voulu éloigner mon oncle du chalet. On n'avait pas inventé cette histoire d'hôpital pour rien.

Georges Smith s'est vite retiré dans sa chambre à notre grand soulagement: on pourrait discuter en paix.

— Vous pensez ce que je pense? a dit Olivier en plongeant une main dans le plat de pop-corn.

— Oui! Il va téléphoner! Il croyait que cet appel était pour lui. C'est certain! Et j'imagine que c'est son complice qui a appelé ton père tout à l'heure, a répondu Stéphanie.

— Sa complice! Chaque fois qu'on l'a demandé au téléphone, c'était une voix de femme. Avec un accent, elle aussi.

— C'est peut-être un homme qui déguise sa voix?

— Non, non. Avant de l'entendre, je me demandais si Patrick n'était pas le mystérieux interlocuteur. Mais non, sûrement pas. C'est vraiment une voix de femme... Très douce.

— Patrick! a protesté Stephy! Tu n'as pas honte de le soupçonner!

— Et si on écoutait plutôt ce que Smith dit maintenant? Sur le téléphone d'en bas?

— Il va s'en rendre compte, a fait remarquer Stephy. Il y a toujours de l'écho...

— Non, tu n'as qu'à frapper à sa porte pour lui demander s'il veut un café. Juste au moment où on décrochera l'appareil.

— Et s'il s'en aperçoit quand même? ai-je demandé.

Olivier a haussé les épaules:

— Il ne sera pas content... Mais on pourra toujours dire qu'on voulait rappeler Jocelyne?

— Il faut que ce soit toi, Olivier, qui écoutes la conversation. Au cas où il parlerait anglais. Je ne suis pas assez bonne...

— D'accord.

Mais pour savoir si Georges Smith téléphonait, il fallait l'entendre parler. Je suis montée et je me suis plantée devant sa porte. Quand je l'ai entendu décrocher l'écouteur, j'ai fait un signe à Stéphanie qui est aussitôt descendue prévenir Olivier. J'ai attendu soixante secondes, puis j'ai frappé à la porte.

Smith m'a ouvert et même s'il a paru surpris que je lui offre un café, il a refusé très poliment.

J'ai dévalé l'escalier:

— Alors?

— Il a déjà raccroché. Peut-être qu'il s'est méfié?

— Mais il a dit avant: *«Tonight. At seven o'clock.»*

— Et l'autre, qu'est-ce qu'elle a répondu?

— O.K., Georges.

— C'est plutôt mince comme information... C'est difficile de deviner ce qu'ils veulent faire ce soir. Tu crois que Georges Smith veut quitter l'auberge?

— Peut-être que sa complice doit venir le chercher?

— Comment? En tapis volant? On ne voit rien! Jocelyne ne peut pas nous

rejoindre ici et ce n'est que le début de la tempête!

Les flocons tourbillonnaient de plus en plus vite, happés par le vent qu'on entendait souffler très fort. Habituellement, j'aime les tempêtes, mais à l'auberge, on avait un peu trop l'impression d'être isolés du reste du monde...

— Et on ne manque même pas une journée d'école, ai-je dit à voix haute.

— C'est bête de gaspiller comme ça une belle tempête, a ajouté Stéphanie en m'approuvant.

On s'est tus, un peu découragés. C'est Olivier qui a brisé le silence:

— Puisqu'on est coincés ici, aussi bien en profiter pour trouver des preuves contre Georges Smith.

— On devrait peut-être appeler les policiers? ai-je dit.

— Qu'est-ce qu'on va leur raconter? Ils ne nous croiront jamais! Ils penseront qu'on se moque d'eux!

— Et ils auraient raison si Georges Smith est innocent. Il est peut-être représentant pour une bijouterie?

— Et à qui les vendrait-il par ici?

Stéphanie a soupiré:

— Moi, j'achèterais bien un des bracelets en or, si j'avais de l'argent.

— Et moi, les boucles d'oreilles. Les miennes sont ternies et tiennent mal à mes oreilles, ai-je fait en me tapotant le lobe gauche. Flûte! J'en ai perdu une!

— Mais où?

— Quand?

— Si je savais où et quand, ma boucle ne serait pas perdue!

— Tu dois l'avoir égarée en enlevant ta tuque! m'a dit Stéphanie. On va aller voir près de la porte d'entrée.

— Ah! La coquetterie féminine! a soupiré Olivier. On a autre chose à faire, les filles! Il nous faut des preuves que les bijoux ont été volés. Quand on aura une liste précise des bijoux, les policiers nous prendront au sérieux.

— Bonne idée! Il y a juste un petit problème: faire sortir encore une fois Georges Smith de sa chambre. Et pour un long moment.

— On ne peut pas répéter le coup de l'ascenseur...

Chapitre IV
La page du journal

— Chut! Le voilà, a dit Stephy. Bonjour, monsieur Smith. Vous avez changé d'idée pour le café?

— Non, je vais aller faire de la raquette.

— Vous avez raison, a répondu Olivier. C'est tellement amusant dans une tempête! Vous devriez y aller aussi, les filles!

Il disait ça, bien sûr, pour dissiper les soupçons de Smith.

— Ah non! Il fait trop froid! Faisons plutôt un feu de cheminée.

— C'est vrai qu'on gèle, ai-je dit. Si on buvait un petit chocolat chaud avant d'allumer le feu?

On a pris beaucoup de temps pour préparer notre boisson. On avait laissé la porte de la cuisine ouverte pour que Smith nous entende. Nous avons imité nos professeurs pour faire rire Olivier.

Et *Mister Smith* est enfin sorti!

— Il doit aller rejoindre sa complice! a dit Olivier. Pourtant, il est plus que seize heures. C'est curieux...

— Profitons vite de son absence!

Aussitôt dit, aussitôt fait! On a retiré la mallette de l'armoire en prenant garde de ne pas déplacer les vêtements. Puis on a ouvert la valise et dressé la liste des bijoux qui s'y trouvaient. Au fond de la valise, on a découvert des billets de banque! Des dizaines et des dizaines de dollars!

Nous n'avions plus de doute sur Georges Smith! C'était un voleur!

— Il faut appeler la police! a dit Stephy en sortant de la chambre.

— Oui, allons-y!

On a composé le numéro de la police.

Et on a entendu... un grand silence.

La ligne était coupée!

Volontairement ou non? Georges Smith était-il sorti dehors pour sectionner les fils téléphoniques? Ou la panne était-elle due à la tempête? J'aurais préféré cette hypothèse...

— Pensez-vous que notre voleur se doute de quelque chose?

— C'est peut-être pour ça qu'il veut partir ce soir? a avancé Olivier.

— On doit l'en empêcher! Il va s'enfuir avec le butin!

— Il nous faut de l'aide! a dit Stéphanie. Si j'allais chercher Patrick?

Chère Stephy! Malgré le péril, elle pensait toujours à son beau Patrick et avait trouvé un prétexte pour le revoir!

— Georges Smith va se demander pourquoi tu es sortie.

— On dira qu'on s'est chicanées.

— Tu n'auras pas peur? a demandé Olivier. Il fait presque nuit!

Comme pour appuyer ses dires, toutes les lumières se sont éteintes! Une panne d'électricité! Une vraie cette fois, qui allait bloquer réellement l'ascenseur. Olivier était condamné à rester au rez-de-chaussée.

Stéphanie s'est décidée:

— On ferait mieux d'informer Patrick de ce qui se passe ici. J'y vais avant qu'il fasse complètement nuit!

— On y va! ai-je dit.

— Non! Reste avec Olivier. Il vaut mieux que vous soyez deux contre Smith. Et peut-être sa complice. Si elle le rejoignait plus tôt? Malgré la tempête...

— Justement, je n'aime pas l'idée de te savoir seule dans cette poudrerie, a fait

Olivier.

— Mais je suis une bonne skieuse! Ne vous inquiétez pas! On n'a pas d'autre solution, de toute manière.

Et avant qu'on ait eu le temps de protester, elle enfilait des vêtements chauds et se préparait à chausser ses skis. Je lui ai glissé deux tablettes de chocolat dans la poche de son anorak et Olivier lui a tendu la lampe-tempête. Et des fusées éclairantes. Au cas où elle se perdrait et aurait à signaler sa présence.

Elle n'était pas partie depuis cinq minutes que Georges Smith entrait par la porte de derrière et s'exclamait:

— Où est votre amie?

— On s'est disputés, c'est normal, ça arrive tous les jours avec elle. Elle est vraiment trop susceptible!

— Il n'y a donc plus d'électricité?

— Non, monsieur.

— Avez-vous un générateur?

— Non, a répondu Olivier. On a juste ces bougies qu'on vient d'allumer et des lampes à huile.

— Il faut faire un feu, ai-je dit.

— Vous ne deviez pas en faire un plus tôt? a demandé Georges Smith.

Olivier a hoché la tête et a pris une mine piteuse:

— C'est vrai, monsieur. Mais je me suis souvenu que mon père ne veut pas qu'on fasse de feu quand il n'y a pas d'adulte dans l'auberge. Mais maintenant que vous êtes rentré, on pourrait aussi alimenter le poêle à bois si on veut manger quelque chose de chaud ce soir?

Ouf! Olivier avait vraiment le sens de la repartie! Et il ne mentait pas: oncle Philippe nous avait bien recommandé la prudence. S'il avait su qu'on voulait emprisonner un malfaiteur!

Plus facile à dire qu'à faire! On ne pouvait même pas échafauder un plan: Georges Smith avait décidé de nous aider à préparer le feu. On lui tendait des bûches et des boulettes de papier faites avec de vieux journaux. Et on bavardait le plus naturellement possible tout en l'observant.

Tout à coup, en déchirant une page de journal, j'ai lu: «Les bijoux Carlton: le vol du siècle!» J'ai eu l'impression que mon coeur battait assez fort pour que tout le monde l'entende! Il fallait que je subtilise la page!

Je l'ai pliée discrètement. Et quand Georges Smith a brassé les bûches, j'en ai profité pour la glisser sous mon chandail. Olivier m'a regardée avec surprise, mais n'a rien laissé paraître. Il comprenait enfin mes clins d'oeil!

J'ai tendu d'autres boulettes à Georges Smith pour qu'il les cale entre les bûches. Et au bout de quatre minutes, je me suis

levée pour aller dans la cuisine. J'ai fait couler l'eau du robinet pour paraître occupée.

Et j'ai lu l'article du journal.

Un vol sensationnel a eu lieu cet après-midi à la bijouterie Carlton de Montréal. Un individu a réussi à pénétrer dans le magasin pourtant protégé par un dispositif antivol électronique ultramoderne. Le criminel aurait trouvé le code d'accès de l'ordinateur qui règle l'ouverture et la fermeture des coffres et des portes de la bijouterie.

Les enquêteurs croient que ce triste individu avait un complice à l'intérieur de la bijouterie, mais ils n'ont pas voulu en dire plus. Parmi les bijoux volés, notons les bagues croisées en forme de coeur qui avaient appartenu à la princesse Alexandra Ire.

Les rubis qui sertissent les coeurs d'or sont inestimables. Le bracelet orné de saphirs d'une célèbre cantatrice et le collier d'émeraudes aux deux oiseaux de vermeil, ainsi que des boucles d'oreilles décorées de minuscules alexandrites font partie du lot dérobé.

La voilà, la preuve! J'étais super excitée et frustrée de ne pouvoir rien dire à Olivier. Georges Smith s'était installé dans un fauteuil près du feu. Voulait-il y passer la soirée? Y attendre sa complice? Il fallait que Stéphanie revienne au plus vite avec Patrick!

Georges Smith a regardé sa montre, puis il s'est enfoncé dans son fauteuil en nous souriant.

On lui a souri aussi sans trop savoir pourquoi. Il nous a proposé de préparer le repas. J'ai accepté avec un pincement au coeur: je pensais à ma pauvre Stephy qui n'avait que deux misérables tablettes de chocolat. J'espérais que Patrick pourrait lui offrir une boisson chaude!

Je trouvais qu'ils mettaient bien du temps à arriver. Le chalet était pourtant au bout de la piste bleue.

Georges Smith a fait des crêpes et je dois avouer qu'elles étaient très bonnes. Mais il a mangé des betteraves avec! Quelle horreur!

Pendant le repas, Olivier a découvert que M. Smith s'y connaissait en électronique. Moi, je le savais parce que j'avais lu l'article. Mais Olivier, lui, était tout excité et oubliait que Georges Smith était un cambrioleur. On devait pourtant l'arrêter avant que sa complice arrive!

Je lui ai glissé l'article sous la table en disant: «Douze-treize.» Et Olivier m'a aussitôt regardée. Douze-treize, c'est notre code secret depuis qu'on est tout petits. On l'emploie quand on veut se parler sans que nos parents comprennent. Le treize et le douze sont nos dates de naissance.

Olivier a tendu sa main sous la table en même temps que moi, et je lui ai donné l'article du journal. Il a fait semblant de vouloir aller aux toilettes pour pouvoir y lire en paix.

— As-tu besoin... enfin... est-ce que tu voudrais que?

Habituellement, c'est oncle Philippe qui aide Olivier dans la salle de bains. Je ne savais pas trop comment m'y prendre. Même s'il n'avait pas vraiment envie cette fois-là, je devais entrer dans son jeu et lui proposer mon aide.

— Non, merci, ça va aller, m'a dit Olivier.

Chapitre V
La boucle d'oreille

Quand il est ressorti de la salle de bains, Olivier m'a demandé de l'aider à réinstaller sa couverture. C'était, en fait, pour me redonner l'article du journal.

— Et si on cherchait ta boucle d'oreille? a-t-il proposé.

— Une boucle d'oreille? a dit Smith.

— Oui, je dois l'avoir perdue tout à l'heure en rentrant. Mais si elle est tombée avant dans la neige, je ne la retrouverai jamais!

On a regardé dans tous les coins, sous les coussins, derrière les fauteuils, mais on ne voyait pas très bien même si on s'éclairait avec les lampes à huile. On n'a pas retrouvé ma boucle. Ça m'embêtait un peu, car c'était un cadeau de ma marraine.

— Tu essaieras de la retrouver dehors après la tempête, a suggéré Olivier.

Georges Smith m'a dit alors:

— Je t'en offrirai une nouvelle paire...

Avec des brillants.

Moi, j'ai bredouillé:

— Que... que... quoi?

Est-ce que Georges Smith voulait me donner des bijoux volés? Si c'était pour faire des cadeaux qu'il avait fait le cambriolage, je trouvais qu'il avait pris de gros risques! Moi, je serais plus portée à offrir des chocolats. Mais je ne les volerais pas. D'ailleurs, on n'a jamais entendu parler de hold-up de chocolats...

— Mais oui, a fait Smith. Attends-moi deux minutes!

Il s'est levé et est monté dans sa chambre.

On s'est regardés sans dire un mot.

— Mais il n'est tout de même pas pour me donner les bijoux!

— Il est complètement fou! À moins que les bijoux soient du toc!

— Mais non, on n'aurait jamais parlé d'un vol de faux bijoux dans le journal! Je ne peux pas accepter les boucles!

— Si on n'avait pas fouillé dans la chambre de Smith, on ne saurait pas qu'elles ont été volées. Et tu les aurais acceptées sans problème. Pensant justement qu'elles ne valaient pas grand-chose.

— Mais on le sait...

— Smith ne sait pas qu'on sait ce qu'on sait. Si tu boudes son cadeau, il va se demander pourquoi. Il faut les accepter et les rendre ensuite aux policiers.

Les policiers... On n'avait plus tellement envie de les appeler. Car Georges Smith était plutôt aimable avec nous. Ses crêpes étaient vraiment bonnes. Ah! Pourquoi n'était-il pas honnête?

— Ça m'embête d'être obligé de le dénoncer, a murmuré Olivier. Je n'ai jamais été un porte-panier.

— Moi non plus!

— Alors? Qu'est-ce qu'on fait?

— Si on essayait de l'amener à nous avouer le vol? On pourrait ensuite le convaincre de rendre les bijoux...

— Et comment saurait-on qu'il a volé? Il faudrait avouer de notre côté qu'on est allés dans sa chambre?

— On pourrait remettre la page du vieux journal parmi les autres et faire semblant de s'y intéresser. Je lirais à voix haute l'article et on en parlerait.

— Pour dire quoi?

— Que ce n'est pas très bien de voler... Mais que si on connaissait le voleur, on lui dirait de rendre les pierres.

— Qu'on pourrait même le faire pour lui. Sans révéler son nom.

— On devrait ajouter qu'on trouve le voleur bien habile. Il sera flatté... Et mieux disposé à nous écouter.

— D'accord, ai-je dit. Cachons vite la page du journal. Mais n'oublie pas: il faut avoir l'air naturel!

Je n'ai eu aucune difficulté à m'exclamer en voyant les boucles d'oreilles. Ça me coûterait même beaucoup de m'en séparer plus tard... Elles étaient vraiment

très belles avec leurs pierres violettes.
J'ai encore pensé à Stephy: elle m'aurait
enviée, elle qui aime tant les bijoux! Mais
pourquoi mettait-elle tant de temps à revenir? Je commençais à avoir peur...

— Pourquoi aviez-vous des boucles
d'oreilles avec vous? ai-je demandé.
J'avais hésité à poser cette question, mais
je l'aurais fait naturellement si je n'avais
pas su ce que je savais. N'importe qui aurait trouvé bizarre qu'un homme ait avec
lui des boucles d'oreilles dans une auberge

de montagne...

— Tu es bien curieuse, Cat... C'était pour ma fille.

Georges Smith avait dit «c'était»?

Est-ce que sa fille était morte? Est-ce qu'il avait volé les bijoux pour les lui donner avant de mourir? Je n'osais plus le regarder!

— Ah! Peut-être que vous feriez mieux de les conserver?

— Non, non. Vanessa n'aime pas tellement les bijoux. Ce sont plutôt les ordinateurs qui l'intéressent.

— Comme moi! s'est exclamé Olivier. Elle en a un chez vous?

— Oui.

— De quelle marque?

Georges Smith et Olivier se sont mis à comparer les ordinateurs. Ils en auraient parlé toute la soirée, mais moi, heureusement, je n'ai pas oublié de jouer mon rôle. J'ai fait semblant de lire distraitement les titres du journal avant de faire une boulette de papier.

Puis une autre. Mais tout à coup, j'ai lancé:

— Le cambriolage du siècle! Ça s'est passé il y a quelques semaines! Écoutez!

J'ai lu tout l'article et quand j'ai ter-
miné, Olivier a dit:

— Il est vraiment intelligent le voleur!
Pour déjouer les dispositifs électroniques
il faut être très fort. Mais pas très honnête.

Chapitre VI
Les mensonges

Georges Smith s'est raclé la gorge, a toussé:

— J'ai un peu froid. Je vais aller me chercher un chandail.

Et il s'est levé et est parti.

— Il ne veut pas entendre parler de son vol! ai-je murmuré.

— Il doit en avoir honte.

— Mais il faut bien que...

Je n'ai pas fini ma phrase: la porte de la chambre de Georges a claqué dans un fracas assourdissant.

— Espèces de... de...! a crié Georges Smith. Vous êtes venus dans ma chambre. Moi qui vous faisais confiance.

— Que... Quoi?

— Ne dites pas non! J'en ai la preuve! Tenez! Regardez!

Il a ouvert sa main.

Dans la paume, il y avait ma boucle d'oreille. Cassée en deux morceaux.

— J'ai mis le pied dessus en poussant la porte de ma chambre, a dit lentement Georges Smith. Pourquoi y es-tu entrée?

— Parce que je lui ai demandé d'y aller, a fait Olivier.

— J'imagine que tu avais une bonne raison?

— C'est à cause de l'écureuil.

— L'écureuil?

— J'ai un écureuil apprivoisé, a menti Olivier. Papa ne veut pas qu'il entre dans l'auberge. J'ai profité de son absence pour faire venir Mac ici, mais il s'est enfui dans les chambres.

— Et on a dû le rattraper. On a pensé qu'il s'était peut-être faufilé dans la vôtre.

Georges Smith ne savait pas trop s'il devait nous croire ou non. Mais Olivier le suppliait de ne pas raconter cet incident à son père avec beaucoup de conviction:

— Papa serait furieux! Il dit que l'écureuil est un rongeur! Aussi nuisible que le rat! Mais j'aime bien Macintosh!

Georges Smith n'a pu s'empêcher de sourire:

— Tu as appelé ton écureuil Macintosh? Comme l'ordinateur?

Il paraissait calmé. Il m'a même dit

qu'il s'excusait d'avoir brisé ma boucle d'oreille.

— Ce n'est pas grave. J'aime mieux celles que vous m'avez données. J'ai toujours aimé l'or et les améthystes.

Le mieux est l'ennemi du bien! On allait retenir cette leçon! En voulant trop flatter Georges Smith, je lui avais révélé que je connaissais la qualité des pierres.

— Tiens? Tu crois que je te donnerais des vraies pierres?

— Non! me suis-je exclamée, ce n'est pas ce que je...

Je n'ai pas fini ma phrase. Olivier s'écriait que mon père était bijoutier et que j'avais appris à les identifier.

On n'avait jamais autant menti à l'auberge du Pic Blanc!

Olivier en rajoutait!

— L'article du journal sur le cambriolage a attiré l'attention de Cat, car son père connaît peut-être le bijoutier.

J'ai regardé mon cousin avec effarement: comment Georges Smith pourrait-il ensuite nous avouer son crime s'il pensait que mon père était un ami de sa victime?

Effectivement, Georges Smith a fait: «Oh non!»

— Non quoi? a demandé Olivier.

— Rien. J'ai juste pensé que ce n'est pas grave, puisque l'assurance va payer.

— Les assurances ne couvrent jamais la totalité des pertes! Et les pièces volées étaient très rares. C'est ce qu'on disait dans le journal. On mentionnait un collier d'émeraudes avec des colombes et des boucles d'oreilles en coeur avec des rubis. Et une rivière de diamants à huit rangs. Et une bague avec un chat qui...

Je n'ai pas pu terminer ma phrase: Georges Smith me secouait le bras:

— Les journalistes n'ont jamais parlé de la bague! Fini de jouer aux devinettes, les enfants! Dites-moi tout!

— Tout quoi? a fait Olivier en se ruant sur Georges Smith pour l'empêcher de me malmener. Il me tenait solidement par le coude, mais je lui ai tout de même donné de bons coups de pied... Et j'ai essayé de lui mordre les doigts. Il a cependant réussi à me maîtriser:

— Vous allez vous tenir tranquilles maintenant! a-t-il ordonné en soufflant.

— Pas pour longtemps: Stéphanie va revenir avec des renforts!

— Vous rêvez... Elle n'a pas pu aller au

village, a dit Smith.

— Elle n'y est pas non plus. Elle est allée chercher Patrick.

— Patrick? Oh!...

Il paraissait plus surpris qu'anxieux: il a répété Patrick, puis il a décrété qu'il allait nous enfermer à clé dans une chambre.

— Vous ne fouillerez plus dans mes affaires!

— Et alors? Ça changera quoi? On sait tout! Stéphanie va revenir avec Patrick, et vous serez bien obligé de rendre les bijoux. Vous feriez mieux de nous les donner et de partir avant que Patrick arrive. On ne vous dénoncera pas!

Chapitre VII
L'aveu

Georges Smith semblait embêté:

— Qu'est-ce que je vais faire?

— Remettez-nous les bijoux. Pensez à votre fille! Elle n'aimerait pas apprendre que son père est un gangster!

— Ma fille? Ah! ma fille! Mais c'est pour elle que j'ai volé!

— Vous avez dit vous-même qu'elle n'aimait pas tellement les bijoux!

— Elle, non. Mais son beau-père, oui!

Georges Smith a regardé sa montre, puis le plafond, puis le plancher comme s'il y cherchait une réponse et il a murmuré:

— Autant tout vous raconter... Je ne peux plus revenir en arrière. C'est pourtant ce que je voudrais. Je n'ai jamais volé de ma vie. Mais je n'avais pas le choix. Il m'a enlevé ma fille.

— Il? Qui, il?

— Le bijoutier!

On a appris que Vanessa vivait avec sa mère et son beau-père bijoutier depuis le divorce de ses parents. Et que le bijoutier avait réussi à faire interdire à Georges de voir sa fille plus qu'une fois par mois.

— Je n'accepte pas le jugement de la cour. Je n'ai jamais fait de mal à ma femme et ma fille. Je voudrais la garder! Lui, il lui donne sans cesse d'énormes cadeaux. Mais il ne l'aime pas. Il veut l'acheter.

— Mais pourquoi?

— Parce qu'il veut tout posséder. Les choses et les gens. C'est ce qu'il a fait avec ma femme. Il l'a éblouie avec ses bijoux. Et elle est partie. Elle aurait dû attendre encore un peu. J'aurai fini mes recherches dans quelques mois. Et je serai riche à mon tour.

— À quoi ça vous servira si vous êtes en prison? a demandé Olivier. Et pourquoi avoir volé les bijoux?

— Parce qu'ils appartiennent au beau-père de Vanessa. Je pensais les lui redonner en échange de ma fille. Il est si fier de ses bijoux! Il était si content de les exposer dans un musée! Mais... mais je ne me conduis pas mieux que lui dans cette histoire... Je ne sais plus ce que je dois faire.

Et là, Georges Smith a poussé un grand soupir.

Olivier et moi, on se regardait sans trop savoir quoi dire. Je trouvais que c'était une histoire à dormir debout. Je ne l'aurais pas crue si je n'avais pas vu de mes propres yeux la valise pleine de bijoux et de billets de banque.

— Monsieur Smith... Tout va s'arranger.

— Comment? J'aurais dû avoir traversé la frontière bien avant. Je me suis réfugié ici sous une fausse identité en attendant que les choses se calment. Mais rien ne se passe comme prévu! C'est bien moins compliqué de faire de la recherche que d'être bandit!

Smith nous a expliqué qu'il travaillait en robotique, et ça a semblé plaire énormément à Olivier. Il allait lui poser des tas de questions sur ses recherches, mais je l'ai interrompu:

— Pensons donc au présent plutôt qu'aux fantastiques possibilités que nous offre la recherche pour l'avenir! Stephy est toujours dehors! Il faut aller la chercher!

— J'y vais, a fait Georges Smith. Tout

est de ma faute!

— On va vous aider, monsieur Smith, a juré Olivier. Nous en parlerons à Patrick. Je suis sûr qu'il sera d'accord avec nous.

— Je ne crois pas, a gémi Smith. Patrick est mon complice.

— Quoi? Patrick Turbide a...

— Volé avec moi. C'est lui qui a tout combiné. Ce n'est pas par hasard qu'il est devenu ici moniteur de ski.

— Vous voulez dire que l'accident du précédent moniteur avait été organisé? s'est exclamé Olivier.

— Moi, je ne savais pas que ça se passerait ainsi. Je n'aurais jamais accepté! Mais Patrick m'a mis devant les faits accomplis. Que vouliez-vous que je fasse?

— Vous avez dit que vous aviez volé les bijoux pour les échanger contre Vanessa. Et lui, Patrick?

— Il veut les vendre. Je ne lui ai pas dit que j'avais l'intention de les rendre. Patrick se croit déjà millionnaire. Il pense vivre le reste de ses jours sans travailler. Il est plutôt paresseux: on l'a renvoyé du centre de recherches où je travaille. Il s'occupait trop peu de l'entretien des appareils.

— Mais Stephy est en danger! Il va la garder en otage!

— C'est pour ça qu'elle n'est pas encore revenue! Oh non!

Je me sentais coupable d'avoir laissé Stéphanie partir...

— C'est pourquoi j'y vais immédiatement! a dit M. Smith. Tout en chaussant ses bottes de ski, il poursuivait ses explications:

— Patrick savait que j'étais un as de l'électronique. Il connaissait aussi mes déboires conjugaux. Il a eu l'idée du cambriolage. Je me suis occupé de neutraliser le dispositif antivol. Lui a volé les bijoux. Et on est venus ici. Patrick, d'abord. Et moi ensuite. Il pensait qu'il fallait attendre avant de traverser la frontière.

Il a soupiré, puis il a ajouté:

— Maintenant, ça me paraît fou! Je vais aller chercher Stéphanie. Et me constituer ensuite prisonnier. Vous me faites comprendre mon erreur! Vous avez le même âge que Vanessa...

Olivier a tenté de rassurer M. Smith.

— Tout va s'arranger... À condition que Patrick soit d'accord pour rendre les bijoux.

Smith a secoué la tête vivement:

— N'y comptez pas.

— Il faudra donc ruser! ai-je dit.

Nous avons établi notre stratégie en deux minutes, puis Smith est sorti dehors. Il neigeait moins, heureusement, et avec une bonne lampe de poche, il saurait retrouver le chalet. Il y avait souvent rencontré Patrick, après tout.

Tandis que Smith s'éloignait, Olivier et moi avons caché, comme il nous l'avait demandé, un bâton de baseball. On l'a camouflé sous la couverture qui recouvrait ses jambes. Il s'arrangerait pour côtoyer Smith qui pourrait attraper le bâton au bon moment. On a aussi tendu un quadruple fil de nylon devant la porte pour faire basculer Patrick.

Puis Olivier a eu une autre idée:

— Si on dissimulait les bijoux à divers endroits dans l'auberge? Si les choses tournaient mal, ça nous laisserait du temps pour trouver une solution.

— Mais qu'est-ce que tu veux dire?

— J'espère qu'on a raison de faire confiance à Smith. Son histoire est tellement bizarre.

Nous avons donc vidé la valise, et

caché les bijoux derrière l'horloge, sous des meubles et même dans la farine! Puis nous avons rempli la valise d'objets du même poids et l'avons remise sous le lit.

— M. Smith va trouver qu'on prend de bonnes initiatives!

Chapitre VIII
La valise

On écoutait le vent gémir depuis une demi-heure quand on a enfin entendu d'autres bruits près de l'auberge. J'ai regardé par la fenêtre: Stéphanie et Patrick enlevaient leurs skis.

J'aurais bien voulu crier à Stephy de se méfier, mais j'aurais alerté du même coup Patrick Turbide!

— Et M. Smith?

— Il n'est pas avec eux! Il ne les a pas croisés!

— Qu'est-ce qu'on fait?

— Comme on l'a décidé! On a tout prévu.

Hélas! non...

Stéphanie a poussé la porte avec une attitude de découragement. Elle a gémi bien fort:

— Je n'ai pas retrouvé Patrick! Qu'est-ce qu'on va devenir?

En même temps, elle nous faisait des

signes pour nous prévenir qu'elle nous mentait. Patrick contournait l'auberge pour entrer par une autre porte. Elle pointait du doigt la chambre de Smith comme pour nous demander s'il y était. Moi, je lui faisais signe de reculer, car je ne voulais pas qu'elle touche le fil de nylon.

Elle s'est pourtant avancée et elle a plongé sur le tapis. Le tapis s'est ratatiné sur un coin de la table au moment où Olivier se dirigeait vers la porte de la cuisine.

J'imagine qu'il voulait menacer ou assommer Patrick avec son bâton de baseball. Il n'y est pas arrivé: les franges du tapis se sont coincées dans les roues de son fauteuil. Et lui aussi s'est retrouvé sur le tapis.

En essayant de redresser son fauteuil et de l'aider à grimper et à s'asseoir, je suis tombée aussi! Olivier m'avait pourtant dit comment m'y prendre, mais je dois avoir mal suivi ses instructions.

— C'est toujours pareil, a-t-il dit. Les gens ne m'écoutent jamais comme il faut. On recommence!

Stéphanie m'aidait à soulever Olivier quand elle a chuchoté:

— Où est Smith?

— Parti te chercher! Vous n'avez rien vu?

— Non! Vite, il faut en profiter pour faire entrer Patrick.

— Non! ai-je crié en même temps qu'Olivier.

Stéphanie était interloquée.

— Vous m'envoyez le chercher et maintenant vous ne voulez plus le voir?!

On lui a répété les aveux de Smith. Elle nous écoutait en écarquillant les yeux de surprise. Puis elle a secoué la tête:

— Patrick est beaucoup trop gentil pour être un criminel!

— Mais Smith nous a tout raconté. C'est Patrick qui a organisé le cambriolage. Il ne t'a pas raccompagnée ici pour nous aider, mais pour récupérer les bijoux!

On a entendu un rire mauvais derrière nous: Patrick Turbide nous menaçait de son revolver. Un revolver aux reflets d'argent inquiétants.

— Il y a six balles dans le barillet... Deux chacun? Je vous conseille d'être bien sages et de m'écouter attentivement. Stéphanie va aller chercher la valise. Pendant ce temps, Catherine et Olivier vont me tenir gentiment compagnie... Je crois

que tu sauras faire très vite, n'est-ce pas, ma belle Stephy?

Stéphanie était blême de colère, mais elle s'apprêtait à monter à l'étage quand Georges Smith est entré.

Il a adressé un grand sourire à Patrick. Puis il a dit, comme nous l'avions décidé pour leurrer Patrick:

— Tu es au courant de ce que ces petits monstres ont appris...

— Oui. La maigrichonne m'a tout raconté. Qu'est-ce qu'on fait d'eux?

— Bah! Ils ne peuvent rien contre nous. Nous allons les attacher bien solidement.

— Même si ce n'est pas l'infirme qui pourrait nous poursuivre avec son fauteuil! a complété Turbide en éclatant de rire.

Je ne lui pardonnerai jamais cette remarque! J'avais envie de lui faire avaler sa tuque. Et même ses skis et ses bâtons!

— Je vais chercher des cordes en haut. Et la valise! Puis on part. On n'a pas le choix! Le père du gamin sait que Jocelyne n'est pas ici. Il va finir par s'inquiéter et envoyer les policiers!

— Va donc chercher la valise pendant que je surveille ces trois-là! Même si je ne pense pas qu'ils ont envie de faire joujou avec ça.

Il s'amusait à nous pointer tour à tour. J'avais l'impression d'avoir les jambes coupées. Qu'elles disparaissaient, se dérobaient sous moi. J'ai jeté un regard à Olivier. Et j'ai pensé que lui, c'était en permanence qu'il ne sentait rien aux jambes...

Heureusement que Georges Smith était avec nous! Il m'a fait un petit clin d'oeil en passant à côté de moi pour me donner du courage. Stephy, elle, a dit à Patrick qu'elle lui ferait payer cher ses insultes.

— Je n'ai jamais été maigrichonne!

— Tais-toi, ai-je dit en me rapprochant d'elle.

Patrick riait encore de sa fureur quand Georges Smith est enfin redescendu. On a compté jusqu'à dix, comme convenu, puis j'ai empoigné Stephy par le cou. On s'est jetées à terre tandis que Smith lançait la valise sur Patrick. Mais ce dernier l'a évitée! Il n'a même pas lâché son revolver.

Il a dirigé son arme sur Georges Smith:

— Je me doutais bien que tu essaierais de me doubler et d'utiliser les enfants contre moi! Tu as pris prétexte de venir chercher la maigrichonne pour tenter de te

débarrasser de moi!

— Mais non! Je voulais te prévenir que ces maudits enfants ont tout deviné! Qu'il fallait s'enfuir au plus tôt!

— C'est ça... Chacun de son côté. Moi tout seul et toi accompagné de la mallette.

— Mais non! Puisqu'elle est restée ici! Je serais parti dans la direction opposée sans t'avertir, si c'est ce que j'avais voulu! Je voulais te dire que j'avais réussi à amadouer ces enfants et qu'ils ne nous dénonceraient pas à la police si on remettait gentiment les bijoux! Tu es d'accord? Je te jure que la valise m'a glissé des mains...

— Tu me prends vraiment pour un imbécile?

— On doit rendre les bijoux!

Patrick, sans quitter Smith des yeux, attrapait la poignée de la valise:

— Tu n'en veux plus? C'est parfait. Je vais les garder... Compte-toi chanceux que je te laisse la vie sauve. Mais je sais que tu ne parleras pas de moi aux policiers. Ni de Jocelyne. N'est-ce pas?

— Jocelyne? a crié Olivier.

— C'est moi qu'elle aime! a affirmé Patrick. Moi! J'en suis sûr! Elle m'attend au chalet!

— Non! a dit Smith! Je ne te crois pas! Tu n'es qu'un minable!

— Minable toi-même! Tu verras que Jocelyne ne viendra pas te retrouver! Les enfants, prenez des cordes et attachez ce monsieur. Pas d'entourloupettes! Je vais vérifier les noeuds... Ensuite Stephy attachera Cat et Olivier. Et moi, je me chargerai d'elle. D'accord?

D'accord ou pas, on a fait ce que Patrick nous ordonnait.

La rage au coeur, on l'a vu claquer la porte de l'auberge.

Chapitre IX
La poursuite

Georges Smith avait l'air si enragé que j'ai pensé qu'il briserait ses liens!

C'est Olivier qui a réussi cet exploit. Il n'a pas sectionné ses liens en forçant, mais en les frottant sur un des montants métalliques de son fauteuil. Tandis qu'il se contorsionnait en tout sens, M. Smith nous expliquait que Jocelyne essayait depuis le début de leur aventure de le persuader de remettre les bijoux.

— Si elle reste chez Patrick, c'est qu'elle doit y être forcée! Je me demande ce qu'il lui a raconté!

— Youpi! a fait Olivier!

Ouf! Il avait libéré une de ses mains. Puis l'autre.

— Vite! Détache-moi que je rattrape Patrick! Il ne s'en tirera pas comme ça, les enfants! Notre ruse n'a pas fonctionné, mais je n'ai pas dit mon dernier mot!

Olivier a fait du mieux qu'il pouvait,

mais c'était difficile, car il n'y avait toujours pas d'électricité. Mon cousin est pourtant parvenu à ses fins. Georges Smith s'est levé aussitôt et s'est précipité sur la porte.

— Attendez, il faut qu'on vous dise... Trop tard, il avait déjà passé la porte!

— On lui dira quand il reviendra.

— Quoi? a demandé Stéphanie en se frottant les poignets.

— Qu'on a caché les bijoux. Il n'y a que des conserves dans la valise.

Elle a éclaté de rire. Olivier et moi aussi. Ouf! Cette aventure se terminerait dans la gaieté. On s'est rapprochés du feu en attendant le retour de Georges Smith. Et on a juré solennellement de ne pas le dénoncer. Après tout, l'important était que le bijoutier retrouve son bien, non?

— Et Jocelyne? C'est elle qui discutait en anglais au téléphone avec M. Smith! Elle s'est moquée de moi durant tout ce temps, a murmuré Olivier. Quand je pense que je lui ai parlé de mes soupçons!

— Mais Georges Smith a bien dit qu'elle voulait qu'il rende les bijoux! C'est pour ça qu'on l'a persuadé aussi facilement.

— Tu penses que c'est vrai? Je ne sais plus qui croire!

On a gardé le silence un bon moment. On était plutôt embarrassés. Je suis certaine qu'Olivier et Stéphanie pensaient comme moi qu'on aurait dû tout dire à oncle Philippe quand il avait téléphoné. Là, il était trop tard pour y songer...

— Et Georges Smith qui n'arrive pas! Je commence à être vraiment inquiète! a chuchoté Stéphanie.

Que s'était-il passé? Poursuivait-il toujours Patrick? L'avait-il rejoint? Avait-il été tué? Blessé? Et Jocelyne? En faveur de qui interviendrait-elle?

La seule chose dont on se moquait, c'était bien la valise!

— Il faut agir! Je ne peux plus rester comme ça à...

— Aaah!

On avait de nouveau de la lumière! Enfin!

— Il faut parler à la police, a dit Olivier d'un ton ferme.

— Facile à dire... Les fils de téléphone sont brisés.

— Et le poste émetteur? Je n'ai pas envie de dénoncer Georges Smith, car il a essayé de nous protéger de Patrick. Mais s'il lui est arrivé un accident?

— Il vaut mieux qu'on le retrouve vivant! Même s'il doit aller en prison.

— On n'a qu'à raconter qu'il poursuivait Patrick pour lui reprendre la valise! Inutile de préciser que lui aussi l'avait volée.

— Mais si les policiers rattrapent Patrick Turbide, celui-ci dénoncera Smith comme complice, a dit Stéphanie.

— C'est encore mieux que de mourir de froid dans la neige!

Là, on a dû montrer que les filles sont aussi fortes que les gars! Car il a fallu monter Olivier jusqu'à la chambre de Smith pour qu'Olivier puisse envoyer un message radio. Et il était beaucoup plus pesant qu'on ne le pensait! Mais on l'aurait porté même s'il avait été encore plus lourd: ça valait la peine!

On venait tout juste de redescendre parce qu'il faisait plus chaud en bas, quand Georges Smith est entré.

Il tenait la valise à la main.

— Et Patrick? a dit Stéphanie.

— Et Jocelyne? a dit Olivier.

— Jocelyne va me rejoindre bientôt.

Quant à cet imbécile de Patrick, il est couché dans la neige avec une jambe cassée.

— Les policiers vont le retrouver rapidement.

— Les policiers? a balbutié Smith.

— On leur a envoyé un message grâce à votre poste émetteur. On n'avait pas le choix! On avait peur que vous ayez eu un accident! a dit Olivier.

— Vous allez remettre les bijoux aux policiers et on leur expliquera que vous nous avez sauvé la vie en nous protégeant de Patrick.

Georges Smith s'est alors approché de nous lentement.

Je n'aimais plus du tout son sourire. Il a tiré un revolver de son anorak et nous a regardés attentivement tous les trois:

— Bon, je n'ai plus de temps à perdre! Puisque je ne vous ai pas par la ruse, je vous aurai par la force! Ça fait très mal une balle dans une jambe!

Mais qu'est-ce qu'il lui prenait?

— Sans toi, je serais à l'abri! a-t-il grondé en s'adressant à Olivier. Je t'ai entendu parler avec ta cousine au téléphone. Et j'avais remarqué les traces de roues de ton fauteuil devant la porte de ma chambre. Tu m'espionnais. Jocelyne me l'a confirmé...

— Et vous avez inventé toute cette histoire avec votre fille! Pourquoi?

— Je devais gagner du temps pour trouver un bon moyen de me débarrasser de Patrick. Quand vous m'avez demandé d'aller au secours de Stéphanie, vous me l'avez fourni, ce prétexte. J'avais vraiment l'intention de me battre et d'assommer Patrick pour faire semblant de sauver Stephy. Alors, vous m'auriez trouvé encore plus gentil! Et vous auriez refusé de me dénoncer.

Smith nous a regardés tour à tour et il a enchaîné:

— Il fallait que je gagne votre confiance à tout prix. Je devais absolument réussir à devenir votre ami pour que vous acceptiez de vous taire... et de me laisser partir avec les bijoux.

— Mais pourquoi n'êtes-vous pas parti chercher Stephy avec la valise?

— Parce que Jocelyne doit venir me retrouver ici très bientôt.

— En êtes-vous sûr? Patrick disait qu'elle était chez lui!

— Il mentait! J'en suis persuadé! Jocelyne viendra! À dix-neuf heures!

— C'était Patrick qui hurlait chaque jour comme un loup?

— Oui. C'était le signal d'attendre encore une journée avant de traverser la frontière. Bon, maintenant c'est à vous de parler... À moins que vous ne préfériez une balle dans la rotule?

— Moi, je ne sentirais rien! a crâné Olivier.

Je l'ai trouvé hyper courageux!

— Où sont les bijoux? a hurlé Smith.

— Un peu partout! ai-je crié. Dans chaque recoin de l'auberge! Vous n'aurez pas le temps de les retrouver tous!

— Ce serait préférable, sinon je fais éclater le bras gauche d'Olivier. Dépêchez-vous de ramasser les bijoux! Jocelyne va arriver d'une minute à l'autre. Allez! Plus vite que ça!

Il a appuyé le canon du revolver sur le coude d'Olivier.

On a évidemment sorti les bijoux de leur cachette. Smith souriait chaque fois qu'on en déposait un dans la valise.

— Vous voyez que vous pouvez m'aider, ironisait-il.

Je serrais les dents de rage. Puis j'ai poussé la porte de la cuisine en sifflant l'air préféré de Stéphanie. Elle a tout de suite compris et m'a suivie. Et on a fait une dernière tentative:

— Le collier d'émeraudes est coincé derrière le réfrigérateur, ai-je annoncé quelques secondes plus tard à Georges Smith.

Pendant ce temps, Stephy jetait une bague enfarinée dans la valise pour que Smith sache qu'on avait vraiment caché des bijoux dans la cuisine. Et qu'il y

vienne.

Il a poussé le fauteuil d'Olivier devant lui et tout en le menaçant de son arme, il a tenté de voir où était coincé le collier. Il devait vraiment se pencher en arrière. Durant ces quelques secondes où il a détourné le regard, Stéphanie et moi avons plongé nos mains dans un sac de farine. On en a jeté des poignées sur Smith tout en projetant Olivier le plus loin possible.

La farine n'est pas aussi efficace que le poivre, mais ça l'a fait suffisamment tousser pour qu'on puisse le désarmer. Le revolver est tombé sur le plancher avec un bruit clair et je me suis jetée dessus. Je l'ai trouvé très lourd quand je l'ai soulevé avant d'aller le porter à Olivier qui se tenait devant la cheminée.

Stephy et moi avons pris les cordes qui avaient servi à nous ligoter et on a attaché la poignée de la porte de la cuisine à un pied de la table de céramique. La table pèse très lourd, ça prend quatre personnes pour la déplacer... Smith était prisonnier dans la cuisine!

— S'il sort par les fenêtres?

— Rentrons vite ses skis! Sans skis, il ne pourra pas aller bien loin! Ils sont devant la porte d'entrée.

— De plus, la valise est ici! Il ne partira pas sans elle!

Au moment où on s'apprêtait à sortir, on a entendu un vacarme épouvantable: c'était les pales d'un hélicoptère. Tout s'est déroulé ensuite très vite: Jocelyne s'est jetée sur nous en pleurant et en riant tout à la fois, tandis que les policiers passaient des menottes à Georges Smith et appelaient une ambulance pour Patrick.

On a fini par nous expliquer!

Jocelyne était une agente secrète! Elle surveillait Georges Smith depuis des mois et avait fait semblant de s'amouracher de lui pour réussir à le coincer.

Elle savait qu'il n'avait pas seulement le vol d'une bijouterie sur la conscience: c'était un gangster recherché dans plusieurs pays. Elle espérait qu'il la mène à sa cachette de l'autre côté de la frontière. Il lui fallait le maximum de preuves pour le faire condamner.

— Je ne me pardonnerai jamais de vous avoir fait courir un tel danger! Mais j'ai rejoint Patrick chez lui après le faux téléphone de l'hôpital. De là, j'ai appelé Georges Smith pour lui donner rendezvous à dix-neuf heures, alors Patrick est devenu fou!

Comme Stephy paraissait surprise, Jocelyne a poursuivi son récit:

— Il disait qu'il m'aimait et que je ne rejoindrais jamais Smith! Qu'il avait été notre complice à Georges et à moi pour me séduire, m'impressionner. Il croyait que j'étais aussi une professionnelle du cambriolage!

— Toi?

— Oui... Et je devais pourtant m'approcher du chalet pour tout surveiller, mais en réalité pour vous protéger jusqu'à dix-neuf heures. J'ai tenté de raisonner Patrick, mais il s'est énervé et a déclaré que je ne quitterais pas son chalet. Et il m'a assommée! Quelle histoire!

Quelle histoire, oui, mais qui finissait très bien!

Le bijoutier était si content de récupérer ses biens qu'il a donné cent dollars à chacun de nous! Olivier a acheté un jeu vidéo. Mais avant, il a choisi un zèbre musical pour son petit frère. Hugo est né deux semaines après notre aventure: il paraît qu'il a l'air punk! Olivier est ravi. Mon oncle et ma tante aussi, évidemment.

Et Stéphanie donc! Mais elle, c'est parce qu'elle va s'acheter un chandail et des collants de laine rose fuchsia.

— Cat! m'a-t-elle dit, penses-tu que Mathieu va trouver ça beau?

Chère Stéphanie!

Table des matières

Achevé d'imprimer
sur les presses de Litho Acme Inc.
2e trimestre 1991